Franz Blei

Die Sehnsucht

Komödie in drei Akten

Franz Blei

Die Sehnsucht
Komödie in drei Akten

ISBN/EAN: 9783743646056

Hergestellt in Europa, USA, Kanada, Australien, Japan

Cover: Foto ©Andreas Hilbeck / pixelio.de

Weitere Bücher finden Sie auf **www.hansebooks.com**

Franz Blei.

Die Sehnsucht.

Komödie in drei Acten.

Bühnenmanuscript.

Wien, 1899.
Verlag des Verfassers.

Buchdruckerei E. Kainz & R. Liebhart, vormals J. B. Wallishausser, Wien.

Die Personen des Stückes:

Der Prinz.
Die Prinzessin, seine Gemahlin.
Graf Brummell.
Edgar.
Der Zigeuner Josa, ein Geiger.
Der Schauspieler Silvio.
Der Komiker.
Lola, die Cousine der Prinzessin.
Zwei ältere Herzoginnen.
Der Boxer.
Der Schlangenmensch.
Der Bauchredner.
Dessen Sohn, ein Knabe.
Zwei Kammerdiener der Prinzessin.
Ein Kammermädchen der Prinzessin.

Zigeuner-Musikanten, Ballgäste, Artisten.

Spielt in der Gegenwart.

Erster Act.

Ein hell erleuchteter Salon der Prinzessin. Von ferne manchmal Zigeunermusik.

Erste Scene.

Zwei Kammerdiener (damit beschäftigt, hohe Spiegel zu stellen).

Erster Kammerdiener.

Die Fürstin fühlt sich einsam. Es zeigt von gutem Geschmack, die Einsamkeit mit seinen Spiegelbildern zu beleben.

Zweiter Kammerdiener.

„Spleen!" sagt John.

Erster Kammerdiener.

Geschmack, mein Lieber, einfach Geschmack.

Zweiter Kammerdiener.

Wenn ich der Fürst wäre, ich ließe mir diese Spiegel nicht gefallen.

Erster Kammerdiener.

Der Fürst, mein Gott, der Fürst! Hat der ein Recht?

Zweiter Kammerdiener.

Und alles andere erst recht nicht!

Erster Kammerdiener.

Sie sprechen wie ein Plebejer. In diesem Hause und im Dienst der Fürstin muß ein jeder darauf gefaßt sein, daß auch an ihn einmal die Reihe kommt! Kammerdiener, Kammerdiener! — Was heißt das hier! Das heißt: Habe Geduld in diesem Kleide, es kommt eine Stunde... Sind wir fertig?

Zweiter Kammerdiener (setzt sich in einen Schaukelstuhl und zählt sein Spiegelbild).

Eins-, zwei-, drei-, viermal — wir sind fertig.

Erster Kammerdiener.

Dann können wir uns zurückziehen.

Zweiter Kammerdiener.

Pfui!

Erster Kammerdiener.

Sie verdienen den Dienst in diesem Hause nicht! Gehen wir. (Beide ab.)

Zweite Scene.
Die Prinzessin. Brummell.

Prinzessin.
Hier — meine letzte Schöpfung.

Brummell.
An den Spiegeln mußt Du es erkennen.

Prinzessin.

Was wollen Sie! Glauben Sie, es ist ein Vergnügen, den schmachtenden Verliebten anzusehen?

Brummell.

Sie ziehen das Bessere vor, und ich gebe Ihnen ganz recht, Durchlaucht. Wir Männer haben in solchen Momenten alle dasselbe Gesicht. Und man kann nicht sagen, dass uns die Leidenschaft schöner macht.

Prinzessin.

Die Leidenschaft?

Brummell.

Wie diese Zigeuner spielen! ... Das ist gar nicht Musik, das ist eine brutale Massage, und dabei schnalzt der Masseur vor Vergnügen noch mit der Zunge. — — Sie sehen so träumerisch, Prinzessin ...

Prinzessin.

Träumerisch? — Ich langweile mich.

Brummell.

Aber — es geht uns ja allen so. Ist das ein Grund? Man muss sich zu helfen wissen. Man muss seine Langweile cultivieren, bis sie wieder amüsant wird. Sehen Sie zum Beispiel die Toilette. Für den Ungebildeten gibt es nichts Langweiligeres, als sich am Abend aus-, am Morgen anzuziehen, Tag für Tag, Tag für Tag. Was thut der Gebildete? Er macht aus dieser Verrichtung eine Kunst einfach. Er sorgt für eine reiche Toilette, er bemüht sich, er studiert, er probiert — ich brauche Ihnen nicht zu sagen, wie viel Neues man da lernt. Und was langweilig war, wird eine Arbeit voll aufregendster Reize. — So muß man es mit allem machen — denn alles ist langweilig. Das Leben ist so.

Prinzessin.

Das Leben... Ja, das Leben! Was weiß ich davon? So ein paar Sachen vom Leben hat man mir gezeigt, das Gewöhnlichste aus den Jahrmarktsbuden — die Geldkiste, einen Fürsten, einen Ball, eine Ehe.

Brummell.

Und die Liebe?

Prinzessin.

Sie werden geschmacklos, Graf.

Brummell.

Verzeihen Sie, Prinzessin — man nennt es eben so. Vielleicht heißt es ganz anders.

Prinzessin.

Es heißt gewiß anders. Es muß überhaupt etwas ganz anderes sein ... Wenn ich an die Morde aus Liebe denke

Brummell.

Und die vielen Gedichte!

Prinzessin.

Alles, was die Liebe in Bewegung bringt, dieses Große, Brutale ... Für mich war sie nicht so viel, daß ich den kleinen Finger darum rühre! ... Kenne ich es überhaupt?

Brummell (schweigt).

Prinzessin.

Ich kenne nur die Legende ... so „Liebe" — eine europäische Erfindung.

Brummell.

Ich denke, das ist so: Bevor man es kennt, spricht man von der Liebe, nachher — von den Frauen oder von den Männern, je nachdem ... ja, und dann paßt das Vorher mit dem Nachher nicht recht zusammen; man plagt sich — das Paar nennt es dann „sich nicht verstehen".

Prinzessin.

Nein — nicht einmal so habe ich es erlebt.

Brummell.

Nun ja, der Prinz ...

Prinzessin.

Von ihm will ich nicht reden. Aber sonst! ... Es war viel gewöhnlicher. Nicht einmal nicht verstanden hat man sich. Im Gegentheil! — Ob es an mir liegt ...? An mir liegt es nicht. Ich habe mir alle Mühe gegeben, etwas Ungewöhnliches darin zu finden. Ich habe dafür Talent.

Brummell.

Zuviel, zuviel, Gnädige!

Prinzessin.

Und nichts fand ich ... das hielt nur so lange in Spannung, als ich wollte — es beherrschte mich nicht.

Brummell.

Sie wollen immer das Ungewöhnliche finden. Ihre Phantasie geht zu weit. Das ist wie wenn man ein Kind adoptiert. Man kommt nie in das rechte Verhältnis zu ihm. Ist die Liebe für Sie . . .? — Überhaupt die Liebe! Im Ganzen vielleicht nur eine Erfindung von Hungerleidern, wie alle diese Ideale . . . Sie haben so ein Ideal adoptiert und finden nun, daß es nicht Ihr Kind ist . . Pardon . . .!

Prinzessin.

Was Sie sich für eine Mühe geben, daraus klug zu werden! Aber lassen wir's. Wir verstehen vielleicht gar nichts davon und reden darum. Daher hat es auch so viel Witz . . Für sich haben Sie vielleicht recht, jetzt, ich weiß nicht, ob Sie früher nicht besser waren — aber das hat sich wohl mit den Haaren verloren.

Brummell.

Ehren Sie das Alter, Prinzessin! Lernt drüben die Jugend das nicht?

Prinzessin.

Wie alt Sie wohl sein mögen — man kommt schwer darauf, wie?

Brummell.

Ich bin nicht mehr jung genug, es Ihnen zu sagen, nicht alt genug, als daß Sie mich so darum fragen dürften, Durchlaucht. Es gab eine Zeit, wo Sie sich darum weniger zu kümmern schienen . . .

Prinzeſſin.

Sie waren jünger als Er. Das war mir damals schon genug — und ich machte erst nur einen ganz kleinen Schritt, an das Alter gewöhnt wie ich war.

Brummell.

Mein Gott, Prinzeſſin!

Prinzeſſin.

Beruhigen Sie ſich, Brummell, ich kam ja auch bald von dieser Verirrung zurück. Aber mit der Jugend — hélas! — War es da anders? Edgar, den Sie mir ſo warm empfahlen, als Sie — nein, nein! — Edgar, der ſuchte ſein Vergnügen, meines ſollte sein, daß ich ihm ſeine Schulden bezahle. Das war nicht viel anders, als mit dem Fürſten — der hatte auch Schulden. Auf ſein Vergnügen mußte er ja verzichten, aber das war ſeine Sache. Und Sie...! Ach Gott, Sie...!

Brummell.

Ich?

Prinzeſſin.

Sie waren ein Gaukler. — Das iſt das rechte Wort dafür. Aber Sie haben einen Vorzug. Es läßt ſich gut mit Ihnen reden. Man kann es ſich bequem machen. Und Sie wiſſen gar nicht, was das für mich in dieser Gesellschaft bedeutet, wo selbst das Huſten controliert wird, daß es ſchicklich ausfällt. — Aber wer es einmal mit Ihnen zu thun gehabt hat, der geniert sich nicht mehr. Sie sind ſo mit allen Laſtern imprägniert, daß man schon das Zu=

ſammenſein mit Ihnen wie eine Schamloſigkeit empfindet. Und das thut mir oft ſo wohl ...

Brummell.

Sie ſind eine intereſſante Frau, Durchlaucht.

Prinzeſſin.

Wirklich, Graf? — Sehen Sie, wie wir doch miteinander im Leben, ich meine, wie wir uns im Leben ſchon geſehen haben — und dennoch dieſes affectierte Ceremoniell, mit dem Sie ſprechen — das iſt ſchon eine Perverſität, möchte ich ſagen, die... wiſſen Sie nicht, was ich ſagen will?

Brummell.

Man hat doch Cultur, Prinzeſſin ...!

Prinzeſſin.

Ja, ja, ja, Cultur, Cultur — und Nerven und Worte! Der Teufel ſoll die Cultur holen, ſie läßt mich verhungern!

Brummell.

Man wird Ihrer Durchlaucht gleich einen Schauſpieler ſervieren.

Prinzeſſin.

— — — Was halten Sie von ihm?

Brummell.

Was weiß ein Menſch vom anderen!

Prinzeſſin.

Er ſpielte einen Eiferſüchtigen, unlängſt, der ſein Weib zu prügeln hat — ich zitterte vor Vergnügen! Barbariſch, nicht?... Er ſah ſo betrunken-trotzig aus.

Brummell.
Und heute im Saal, wie fanden Sie ihn da?

Prinzessin.
So ... Verliebt? — Sie sagten ja, daß da die Männer nicht die beste Figur machen.

Brummell.
Ein Schauspieler sollte das zwar immer können.

Prinzessin.
Wir werden sehen.

Brummell.
In allen Spiegeln.

(Silvio erscheint in der Thüre, vom ersten Kammerdiener geführt.)

Prinzessin.
Auf Wiedersehen, Brummell.

(Brummell ab.)

Dritte Scene.
Die Prinzessin. Silvio.

Prinzessin.
— — — Wollen Sie dort stehen bleiben? (Silvio sieht sich um.) Sie suchen doch nicht schon die Thüre?

Silvio (einen Schritt vor).
Durchlaucht! — Nie dachte ich, daß eine solche Stunde

Prinzessin.

Ah! — Was finden Sie an dieser — Stunde? Oder Sie müssen viel erwarten. Die Enttäuschung wird nicht ausbleiben. — Was ich wollte — ja, um Rath bitten. Um Ihre Meinung. Sie sind ein Meister Ihrer Kunst.

Silvio (sitzt nun).

Oh —

Prinzessin.

Nun ja. Ich möchte, daß Sie mein Talent entdecken. Ich möchte zum Theater.

Silvio.

Sie, Prinzessin?

Prinzessin.

So schnell ist Ihr Urtheil? Ihr Urtheil über meine Talentlosigkeit?

Silvio.

Nicht dieses, aber . . . Sie haben Talent, ich bin gewiß.

Prinzessin.

Schon gewiß? Warum?

Silvio.

Das fühlt man — und dann . . . alle Frauen haben Talent dazu.

Prinzessin.

Und doch?

Silvio.

Ja, aber nicht alle wollen es auf der Bühne zeigen. Das Leben . . . Sie sind bestimmt, goldene Kronen zu tragen, nicht Theaterkronen, in der Welt des Seins zu leben, nicht in der des falschen Scheins!

Prinzessin.

Wirklich? Wie Sie mich kennen! Sehen Sie, diese kleine Krone, sie ist echt, ganz echt — ich trage sie . . . Warum trage ich sie wohl . . . Vielleicht weil es andere ärgert, dass ich sie trage — für andere trag' ich sie, das ist meine Rolle, die ich spiele, immer spiele, jeden Tag, immer dasselbe — und ist Welt und Bühne nicht darin so schön verschieden, dass man hier immer dieselbe, dort immer eine andere Rolle spielt?

Silvio.

Ist es denn immer die gleiche Rolle?

Prinzessin.

Mein Contract ist so.

Silvio.

Und legen Sie die Krone nie ab?

Prinzessin.

Nur vor dem Kammermädchen darf ich es ungestraft.

Silvio.

Und sonst, Prinzessin?

Prinzessin.

Prinzessin sagen Sie — ja, und mein Talent?

Silvio.

Ist Ihr Talent nicht dieses, schön zu sein, zu strahlen in Schönheit, wie die Sonne, die blendet . . . ?

Prinzessin.

Blendet . . . das ist der Glanz von diesen echten Steinen.

Silvio.

Das Schönste schön gefaßt wird noch erhöht dadurch in seiner Schönheit. — Sie lachen?

Prinzessin.

Über meine Thorheit. Und über eine gute Erkenntnis, die mir eben wurde. Ich danke Ihnen.

Silvio.

Ich verstehe nicht, Durchlaucht . .

Prinzessin.

Auch wenn ich es Ihnen sage, es wird Ihnen nichts nützen. . . . Sie waren ein so mächtiger Trunkener, unlängst, Sie prügelten das Weib und nannten es eine Dirne . . . Das kam mir alles so echt . . . ich war wie ein junges Mädchen verliebt in dieses „Unlängst".

Silvio.

Durchlaucht!

Prinzessin.

Nun?

Silvio (auf sie zu).

Daß ich Dich anbete, daß Du mein werden sollst, Geliebte, Herrscherin Du! (Er umarmt sie und küßt sie.)

Prinzessin.

Wie trivial! Nein — nein, so können es die anderen auch. Sie sind nicht m e h r, wozu die Mühe? — Geh'!

Silvio.

Was heißt das?

Prinzessin.

Ach, Du bist ein Komödiant — und ich die Fürstin, ich bin Fürstin, verstehst Du? — Sie können nur mit dem Souffleur spielen. Und Ihrer — Liebe empfehle ich mein Kammermädchen.

Silvio.

Ein Scherz?

Prinzessin.

Wie Sie es wollen, daß es Sie besser tröstet, eine Prinzessin nicht zur Maitresse gehabt zu haben.

Silvio.

Durchlaucht!

Prinzessin.

Herr Silvio!

(Silvio ab.)

Prinzessin.

Und wie er abgeht . . .! Brummell! Brummell! (Sie öffnet eine unsichtbare schmale Thür an der linken Seitenwand; Brummell tritt heraus.) Ich wußte doch, daß Sie lauschten!

Vierte Scene.

Prinzessin. Brummell.

Brummell.

Ihr Kammerdiener, Prinzessin, wies mir einen anderen Weg, hier hinein — das hat aber so dünne Wände, so dünn! Das ist ein Labyrinth.

Prinzessin.

Ingeniös, nicht wahr? Dies ist nämlich ein Wartezimmer; aber umgekehrt — hier warten die Erledigten — das ist doch hübsch von mir, nicht? Es ist ein Studierzimmer. Hier kann sich der Mann studieren — am anderen.

Brummell.

Aber man lernt nur von Ihnen — meine Achtung. Die Art, wie Sie mit Ihren Verehrern umgehen ...

Prinzessin.

War er nicht jämmerlich?! Schändlich!?

Brummell.

Ich weiß nicht, er war ja gerade kein Held, aber Sie verlangen zu viel, zu viel!

Prinzessin.

Hätte der Mensch nur ein Wort gesagt, das anders als sonst, nur ein Wort! Eine Bewegung ...! Das war so falsch, so falsch alles! — Der glaubte, ein Fürst zu werden, wenn er mich zu seiner Geliebten macht!

Brummell.

Sein Fehler?

Prinzessin.

Wie meinen Sie das?

Brummell.

Ich habe gefunden, dass die Männer — nein, nicht so allgemein, so: Silvio ist einer von denen, die gewohnt sind, im Weibe gewöhnlich nur die Gattung zu lieben, das Weibchen — liebt er einmal eine Prinzessin, so liebt er eben — die Prinzessin, das ist sein höherer Schwung, also — sein Fehler?

Prinzessin.

Sein Fehler, dass er einer von denen war. Ich habe mich geirrt einfach. Lassen wir es sein.

Brummell.

Sie wollen aber auch durchaus ein erotisches Genie haben, Durchlaucht! Da muss man mit Geduld suchen, denn das ist selten. Gewöhnlich sind die Bestandtheile dieser Genialität so disparat — der Eine hat die Rede, der Andere die schöne Geberde, der Dritte das, der Vierte dies und so weiter. Alles das in einem, in einer Jugend, denn jung muss dieses Genie auch sein, mein Gott, im Jahrhundert einmal!

(Die Kammerzofe der Prinzessin erscheint in der Thür.)

Prinzessin.

Das Ausrufezeichen! Kommen Sie, Graf, ich muss das Kreuz wieder auf mich nehmen, die Welt verlangt, mir zu huldigen, wie mein Gemahl so großartig sagt. (Wirft Brummell der Thüre zu.)

Verwandlung.

Fünfte Scene.

Ein Wintergarten. Im Hintergrunde ist durch hohe Bogen ein Theil des Ballsaales sichtbar und manchmal tanzende Paare. Ganz von ferne Tanzmusik. In den Pausen — und etwas näher — Musik der Zigeuner-Kapelle.

Die beiden Herzoginnen (kommen aus dem Saale und promenieren).

Die eine Herzogin.

Man wird seine Töchter nicht mehr hieher bringen können!

Die andere Herzogin.

Warum nicht, meine Liebe?

Die eine Herzogin.

Sie fragen noch? Und diese Person?

Die andere Herzogin.

Die Prinzessin? Mein Gott, junges Blut, Amerika — was wollen Sie?

Die eine Herzogin.

Davon will ich ja nichts sagen. Schließlich lebt man ja nicht wie die Bürger — aber man muß doch den Schein wahren! Man muß sich doch zu benehmen wissen!

Die andere Herzogin.

Jugend, Jugend! Das gibt sich schon!

Die eine Herzogin.

Man vertheidigt Eigenes, wenn man Fremdes so vertheidigt!

Die andere Herzogin.

Sie meinen, Liebe?

Die eine Herzogin.

Ich meine, seitdem die Söhne unseres Adels anfangen, sich Plebejerinnen zu Frauen zu nehmen ...

Die andere Herzogin.

Können wir wieder unsere Schulden bezahlen, meinen Sie doch?

Die eine Herzogin.

Wenn man es nöthig hat!

Die andere Herzogin.

Und die Plebejerin findet.

Die eine Herzogin.

Nicht alle haben das Glück, Wertheste, das bleibt nur wenigen aufgehoben, die gleich Ihnen warten können!

Die andere Herzogin.

Ist Ihr Ältester schon lange zurück von drüben?

Die eine Herzogin.

Von seiner Forschungsreise — o, es wird ein Monat oder zwei.

Die andere Herzogin.

Und hat er etwas erforscht oder geht er wieder — forschen?

Die eine Herzogin.
Wir wissen, was wir unseren Ahnen schuldig sind.

Die andere Herzogin.
Und den Zeitgenossen? Ach, meine Liebe, wir sind alle nicht mehr viel wert, warum wollen wir uns erzürnen! Sehen wir uns die Prinzessin an, die gibt so viel zu lächeln.

Die eine Herzogin (in den Saal blickend).
Sehen Sie doch! Sehen Sie!

Die andere Herzogin.
Sie spricht mit dem Zigeuner. Er spielt so schön!

Die eine Herzogin.
Wie? Man bringt Sect? Sie schenkt ein?

Die andere Herzogin.
Da ist auch schon der Fürst dort!

Die eine Herzogin.
Der Arme! Natürlich, er muß es wieder gutmachen. Gott, was für Leute! Was für Leute!

Die andere Herzogin.
Und mit den Vanderbildt-Mädeln und Ihrem Ältesten war es also nichts?

Die eine Herzogin (im Abgehen).
Ach hören Sie mir auf mit den Vanderbildts, aber bei Astors...

(Beide ab.)

Sechste Scene.

Silvio kommt vor mit dem Komiker.

Komiker.
Fad, nicht?

Silvio.
Wir wollen gehen!

Komiker.
Wie Du willst. Das ist ja alles recht nett hier, schrecklich vornehm, und das Buffet ist einfach großartig — aber fad ist es doch. — — Wollen wir uns ein bischen unter das Fächeln dieser Palme niederlassen? — — Übrigens, Du bist von einer tödtlichen Ödigkeit heute. Kaum daß wir da sind, verschwindest Du — was hast Du denn?

Silvio.
Ach, Du weißt ja, die Geschichte mit der Prinzessin?

Komiker.
Mit der Prinzessin?

Silvio.
Hab' ich Dir nicht gesagt?

Komiker.
Kein Wort! Und?

Silvio.
Nach drei Wochen werden einem die Weiber immer über, auch die Prinzessinnen. Du verstehst. Scenen und wie das dann so geht: „Du hast mich nie geliebt" und Thränen,

und den ganzen hysterischen Unsinn — das geht auf die Nerven!

Komiker.

Die Prinzessin?

Silvio.

Und ich kann das eben nicht vertragen. Aber das bleibt unter uns, nicht wahr? Kein Wort zu den Collegen!

Komiker.

Was an mir liegt, werde ich thun, daß sie es erfahren, sei ganz beruhigt.

Silvio.

Eine Zeitlang war's ja ganz nett!

Komiker.

Sie ist ja doch ein famoses Weib!

Silvio.

So im Ansehen, und überhaupt. — Aber dumm, sag' ich Dir, albern! Zur Bühne will sie jetzt!

Komiker.

„Ich will Dein Leben theilen" und so, weiß ich!

Silvio.

Du?

Komiker.

Ich bitte Dich! Erinnerst Du Dich der Amalie? Wollte auch „zur Bühne" — war ganz der gleiche Fall!

Silvio.

Wohl doch nicht so ganz. Ich will gehen. Kommst Du mit?

Komiker.

Übers Buffet! (Im Abgehen.) Du, sag' mal... (flüstert ihm ins Ohr)

Silvio.

Die Prinzessin? Du bist zu neugierig, mein Lieber! (Ab mit dem Komiker.)

Siebente Scene.

Lola tanzt mit Brummell herein.

Brummell.

Geben Sie acht oder wir gerathen in einen Palmen-Urwald und spießen uns an Aloen auf!

Lola (läßt Brummell auf eine Bank fliegen und versteckt sich hinter einem Boskett).

Grrrrh... Grrrrh...

Brummell.

Huuuuh...!

Lola (kommt vor).

Ein Brüllaffe antwortet doch nie dem Locken eines Kolibris! Sie haben aber schon gar keine Urwaldsphantasie!

Brummell.

Ich bin ja auch nur bei Wintergärten aufgewachsen, Allerliebste!

Lola.

Was haben Sie denn da gelernt? Zu irgendetwas muß es Ihre Phantasie doch gebracht haben, in den Jahren?

Brummell.

Schon wieder die Jahre! — Mein Fräulein! Jüngste und lieblichste aller ballfähigen Baronessen!

Lola.

Warten Sie, warten Sie! Sie wollen eine Rede halten. (Sie setzt sich rittlings auf einen Stuhl.) Da muß ich es mir bequem machen!

Brummell.

Aber, Baronesse! Sie bringen mich ja aus dem Concept...

Lola.

Was — ach! — Ich hab' doch Strümpfe drüber an! Also — ein anderes Bild! (Sie setzt sich à la grande dame.) Wir sind bereit, Ihre Botschaft zu hören.

Brummell.

Herrlichste, durchlauchteste aller Baronessen! Schwarzgelocktes, kleines Ungeheuer! — Kommen Sie wieder zu den Leuten — mir wird zu warm hier.

Lola.

Ihnen zu warm? Und hier, wo die verborg'nen Quellen murmeln? Wo man es regnen lassen kann, wenn man an dieser Schnur zieht? Soll ich? Platz oder Nebelrieseln?

Brummell.
Ich bitte Sie, es brennt ja nicht?

Lola.
Nein. Es brennt nicht... Es brennt nicht. — Was soll denn brennen? Das Herz! Und es brennt nicht!

Brummell.
Noch nicht?

Lola.
Nicht mehr.

Brummell.
Ach Gott, wie mir das leid thut!

Lola.
Spotten Sie nicht! Das ist eine sehr traurige Sache — habe ich wo gelesen.

Brummell.
Gedruckt?

Lola.
Gedruckt — wie gelogen. Denn es ist gar nicht traurig. Ganz lustig ist es, daß es nicht mehr brennt. Was soll's auch! —

Brummell.
Und was hat es denn gelöscht?

Lola.
Das Leben.

Brummell.
Steht's so im Buch?

Lola.

Ja, das Leben. Schrecklich, nicht? Aber ich möchte so gern …

Brummell.

Was denn? Mir können Sie es vertrauen. Was möchten Sie so gern?

Lola.

Ach, Sie wollen ja nicht!

Brummell.

Wer weiß! Nun, was möchten Sie gern?

Lola.

Ach, nur ein bißchen …

Brummell.

Ein bißchen …

Lola.

Ein bißchen — regnen lassen, da an der Schnur.

Brummell.

Es regnet schon! Ganze Douchen regnet's! Genug, genug, Sie Kobold, kommen Sie, oder es gibt ein Malheur.

Lola.

Und warum soll's denn keines geben?

Brummell.

Kommen Sie, oder es geschieht wirklich etwas!

Lola.

Wirklich? Es geschieht etwas? — Wie lieb Sie sind! Endlich!

Brummell (will sie küssen).

Lola (langt nach der Schnur).

Gleich, gleich!

Brummell.

Teufelin! (Er läuft davon; am Eingang in den Saal.) Kommen Sie!

Lola.

Ich bin bös auf Sie! Lassen Sie mich! Alle Freude verderben Sie einem mit Ihrer Schüchternheit, die sich vor einem bißchen Wasser fürchtet.

(Brummell ab.)

Achte Scene.

Lola (allein).

Gott, wie langweilig! . . . (Sie pflückt eine große Orchidee.) Die langweilt sich auch hier — wie sie den Mund aufsperrt in einem endlosen Gähnen! — Willst du mit mir tanzen? Komm, hier — (Sie befestigt die Blüte im Haar.) Hier kannst du alles sehen — schau' einmal — (Sie läuft zum Saal und kommt mit Brummell zusammen).

Neunte Scene.

Lola. Brummell.

Brummell.

Gott! Ich kann Sie doch hier nicht allein lassen!

Lola.

Wie Sie ängstlich sind! — Ich wollte gerade wieder hinaus aus dem Glaskasten, als Sie kamen, und nun bleib' ich — und Sie auch. Kommen Sie her. Ganz artig. Die Schnur thut nichts mehr. So — Sie sitzen hier in der Mitte. Wie der Sultan müssen Sie sitzen. Nein, so wie der Sultan.

Brummell.

Doch nicht die Beine unterschlagen!

Lola.

Warum denn nicht?

Brummell.

Es muß furchtbar unbequem sein!

Lola.

Aber die Sultane machen es einmal so. Was wollen Sie, es geht ja.

Brummell.

Aber bequem ist das wahrhaftig nicht.

Lola.

Prachtvoll! — Gott, wie Sie eigentlich dumm aussehen!

Brummell.

Türkisch.

Lola.

Ja — und ich bin die Scheherezade und erzähle Ihnen eine Geschichte.

Brummell.

Bitte, aber nicht zu lang.

Lola.

Ich lege mich hier auf dieses moosige Lager und fange an . . . Schwer ist so ein Anfang . . .

Brummell.

Fangen Sie bei der Mitte an. (Er gibt ein Bein herunter.)

Lola.

„Von der Prinzessin" heißt meine Geschichte.

Brummell.

Da bin ich neugierig. (Er gibt das andere Bein herunter.)

Lola.

Sie glauben, ich weiß nichts von ihr?

Brummell.

Und was wissen Sie denn?

Lola.

Daß sie eine schlechte Person ist. Sie will mir das Parfum nicht nennen, das sie braucht. Das finde ich — gemein.

Brummell (lachend).

Ihre Ausdrücke, Baronesse, sind ein bisschen stark.

Lola.

Ist es nicht? Aber das gehört nicht in meine Geschichte. Da hinein gehören Sie und, und — eine Menge andere.

Brummell.

Wieso?

Lola.

Ach verstellen Sie sich doch nicht so! Glauben Sie, ich weiß nicht, was alle wissen? Mir hat es ihr Stallbursch erzählt.

Brummell.

Sta . . .

Lola.

Stallbursch, der John, den sie mitgebracht hat. Ich conversiere mit ihm englisch. Er weiß so viele komische Worte. „Damned maidenhead!" flucht er immer.

Brummell.

Aber . . . das ist ja schrecklich! O Jugend! Jugend!

Lola.

Declamieren Sie nicht, steht Ihnen schlecht, Sie Wüstling!

Brummell.

Es wird ja immer besser. Ich muß schon sagen, Lola, wenn Ihre Geschichten so anfangen, ist mir um das Ende ängstlich. Hören wir lieber auf.

Lola.

Sie können kein wahres Wort vertragen! Aber ganz im Ernst — ist es wahr, wirklich wahr, was man sagt, daß die Prinzessin eine solche Gewalt über die Männer hat? Ach, sagen Sie mir's doch! Und warum? Womit? Weil sie so schlecht ist? Das muß es sein, denn schön ist sie nicht.

Brummell.
Na!
Lola.
Nein, schön ist sie nicht! Ich bin sicher schöner, hat Jo— so sagen Sie es doch! Ja, weil ich ein Mädchen bin, da sieht mich niemand an, und alle laufen sie ihr nach, dieser Amerikanerin, die alle mit einem Parfum verzaubert. Warum nennt sie mir es denn nicht? Warum?

Brummell.
Ja, mein Kind, das Parfum ist es, das Parfum. Besser weiß ich es auch nicht, Kleine.

Lola.
Sagen Sie nicht „Kleine" zu mir!

Brummell.
Das spreche ich nur, so in Träumen versunken, ich meinte „Fräulein". — Aber sie kann Ihnen das Parfum nicht nennen, sie weiß selbst den Namen nicht . . .! Es ist in ihr verschlossen — sie frägt sich selbst danach. — Verstehen Sie das? Sie ist eine Natur, die Natur ist sie, sie hat keine Grenzen, maßlos in allem.

Lola.
Ja, alles hat sie und alles wird ihr gegeben. — Und ich bin die „Kleine".

Brummell.
Was weißt du, was du bist! Morgen vielleicht . . . oder nie, besser nie . . . Die Prinzessin — das ist ein

philosophisches Problem, ich lös' es nicht, und Sie, versuchen Sie es einmal mit Ylang-Ylang, Baronesse.

Lola.
Mit — ?

Brummell.
Ylang Ylang, einen Tropfen Ammoniak dazu und fünf Heliotrop — ein herrliches Recept! Ich will es Ihnen aufschreiben. Und jetzt kommen Sie — die Prinzessin zu bewundern.

Verwandlung.
Der Spiegelsalon der Prinzessin wie in den ersten Scenen des Actes.

Zehnte Scene.
Die Prinzessin. Josa. Die Zigeunerkapelle.

Josa (hebt ein Glas).
Auf das Wohl der Fürstin!

Die Banda.
Die Fürstin!

Prinzessin.
Danke, danke. Ich trinke auf — die Freiheit des Zigeuners!

(Die Banda spielt ein lebhaftes Intermezzo; nur Josa steht mit der Geige in der Hand unbeweglich und starrt auf die Prinzessin, die seinen Blick erwidert.)

Prinzessin.
Gott . . .! Gott . . .! So blickt ein Mann . . .?

            Josa (leise, aber fast befehlend).

Ich liebe Dich, Du . . .!

                    Prinzessin (nicht leise bejahend).

Ich weiß es . . .

                    (Die Musik wird leiser, langsamer.)

                        Josa.

Kommst Du?

                        Prinzessin.

Wann Du willst.

                        Josa (aufschreiend).

Los! (Er setzt hastig die Geige unters Kinn und spielt in dem rasenden Schluß einige Takte mit; dann wirft er die Geige hin und nähert sich der Prinzessin.)

Prinzessin (streckt ihm langsam beide Hände hin, sonst ohne Bewegung).

Hier —

(Die Musik hört auf. Die Banda kümmert sich nicht um die Beiden.)

                        (Pause.)

                        Josa (zur Banda).

Spielt! (Melancholische Einleitung zu einem Csárdás. Wie das Tempo des Tanzes beginnt, lächelt Josa und seine Füße beginnen im Takt aneinanderzuschlagen.)

Prinzessin (lächelt, wie im Fieber; Josa tanzt vor ihr, mehr ein Mime als ein Tänzer; die Prinzessin folgt ihm mit den Augen und auch ihr Körper beginnt sich im Takte zu bewegen. Alles ist Ausdruck stärkster Leidenschaft. An der Thüre erscheint Brummell mit Lola am Arme. Lola hat Lust, zu tanzen. Der bestürzte Brummell hält sie zurück. Er blickt plötzlich hinter sich und ruft: „Der Fürst!" Man hört ihn nicht. In der Thüre erscheint der **Fürst** mit der **einen Herzogin**. **Brummell** eilt auf die **Banda** zu, die im Spiel abbricht. Die **Prinzessin** und **Josa** bleiben unbeweglich stehen).

Die eine Herzogin.
Charmant! Charmant!

Der Fürst.
Vergebung, daß ich störe . . . aber die Musik lockte hieher, man konnte nicht widerstehen. Prinzessin! (Er reicht ihr den Arm; sie hängt sich ihm ein, nach einem raschen Blick auf Josa, der sich dann zur Banda wendet.) Unsere Gäste wollen uns verlassen.

Die eine Herzogin.
Es war ein Genuß, Sie zu sehen! Alle werden mich darum beneiden, denen ich es erzähle. (Ab mit dem Fürsten, der Prinzessin und Lola.)

Brummell (zu Josa).
Was machen Sie denn, Mensch?

Josa (nach einer Pause, glücklich lächelnd).
Tanzen muß man können!

Vorhang.

Zweiter Act.

Das Boudoir der Prinzessin.

Erste Scene.

Der Fürst. Die Prinzessin.

Der Fürst.

Ich wollte in den Club. Hinter den Fenstern sah ich Gesichter. Ich gieng nicht hinein. Ich hatte genug.

Prinzessin.

Und was noch? Sind auf der Börse die Course gefallen?

Der Fürst.

Der Scherz ist genug! — — Sie machen mir das Leben schwer, Maud — sehr schwer!

Prinzessin.

Thu' ich das? Wirklich? Dass Sie aber auch die Gesichter schon von der Strasse aus sehen mussten...!

Der Fürst.

Ich bin gut, Maud, ich füge mich Deinen Launen, ich gehorche Deinem Willen, ich meide Dein Schlafgemach, wie Du es verlangst — aber um eines bitte ich, eines wollen wir wahren, denn daran hängt Ehre und alles.

Prinzessin.

Und dieses ist?

Der Fürst.

Sie dürfen uns nicht noch mehr ins Gerede bringen, der Schein muß gewahrt bleiben. Die Welt, in der Sie leben, verzeiht alles — nur nicht den öffentlichen Scandal. Und die letzte Nacht war ein Scandal.

Prinzessin.

Ach, wir wollen uns doch nicht damit ermüden, daß wir uns über das, was zu thun ... Nein, kommen wir zur Hauptsache!

Der Fürst.

Es gibt hier weiter keine Hauptsache. Als daß Sie sich fügen müssen. Daß Sie eben einfach die Gewohnheiten dieser Gesellschaft, der zuzugehören Sie durch mich die Ehre haben, respectieren und nachahmen. Meine Vorfahren schickten ihre widerspenstigen Weiber ins Kloster. In der Zeit unserer milderen Gebräuche kann ich Sie nur bitten, Ihr Temperament zu mäßigen und sich nicht mehr zu solchen Extravaganzen hinreißen zu lassen!

Prinzessin.

In unserer Zeit der milderen Gebräuche kenne ich auch noch einen anderen. Ich habe ihn mir überlegt die Zeit her, und ich denke, wir können es jetzt mit ihm probieren. — Trennen wir uns!

Der Fürst.

Scheidung?

Prinzessin.

Sie sagen es.

Der Fürst.

Nie!

Prinzessin.

Nun, ich weiß ja, warum dieses „Nie!" so stürmisch ist. Das ist die große Liebe, die sich nicht trennen kann von meinen mitgebrachten Millionen. Ja, ja...! Mein Gott, damals, als man dieses Tauschgeschäft machte: Ihr Name — mein Geld — da kam mir die Sache des Preises wert vor. Jetzt finde ich, sie ist zu theuer bezahlt, mit m i r zu theuer bezahlt. Da kann es Sie doch nicht wundern, daß ich eine Sache nicht schätze, die ich zu theuer gekauft habe!

Der Fürst.

Das sind Redensarten von einem Plebejer, aus schlechten Büchern...

Prinzessin.

Was Bücher! Das ist viel zu gewöhnlich, als daß man sich in Büchern noch darüber aufhielte! Wir waren Geschäftsleute, meine Eltern für mich. Sie hatten zu verkaufen — ich kaufte. Wurde nicht auch ein bißchen geschachert? Der Handel reut mich. Ich fand nicht, was ich erwartete, und zu viel, zu viel, was nicht. Erst Sie, dann — alles andere. Also — tauschen wir wieder. Gieb mir, was mein ist, Freiheit und Eigenthum, ich gebe Dir, was Dein ist — Deinen Namen!

Der Fürst.

Nie, niemals!

Prinzessin.

Das klingt so bestimmt, noch immer so bestimmt. Um wie Geschäftsleute zu reden, ganz so — brauchst Du mich oder mein Geld? — Deine Antwort braucht zu lange, als daß ich zweifeln könnte, wie sie ausfällt: Also — die Freiheit, das andere magst Du behalten.

Der Fürst.

Nie!

Prinzessin.

Das klingt schon fast wie „Geh!" So leicht hab' ich Dir es gemacht! Aber meine Eltern werden die Tochter schelten, sie sind gute Amerikaner... Du wirst mir auch mein Geld geben — mit Abzug der Kosten, wie die Geschäftsleute sagen, mit Reugeld!

Der Fürst.

Was soll das, Maud, hängt denn Dein eheliches Glück an solchen Scenen, wie dieser der letzten Nacht?

Prinzessin.

„Eheliches Glück"! — Was Sie in der Angst für Worte finden! Ihr aufgeregter Sinn wird Sie noch — „die Kinder" entdecken lassen. — Hör' mir zu. Ich möchte Dir doch so gerne sagen, wie verächtlich Du mir bist. Du weißt ganz gut, daß ich Dich betrog — wer weiß das nicht! Man sagt, daß es der Gatte immer zuletzt erfährt, bei Dir war es anders — Du wußtest es als Erster. Du, Du schwiegst, weil es ohne — Scandal, wie Du es nennst, abgieng, es vertrug sich noch mit den Gebräuchen Deiner

Gesellschaft. — Das ist so lächerlich! So lächerlich! Jetzt machst Du den Ehegatten, weil es mir beliebte, mit einem Zigeuner zu tanzen, jetzt erfindest Du das „eheliche Glück"! — Soll ich Dir die nennen, mit denen ich Dich betrog? Du kennst sie ja, es sind ja Deine Freunde!

Der Fürst.
Wenn ich Dir das einemal nachsah, Dir verzieh — kannst Du mir nicht in dem andern gefällig sein?

Prinzessin.
Lassen wir es! Lassen wir es!

Der Fürst.
Du siehst ein?

Prinzessin.
Was?

Der Fürst.
Dais Du — Rücksichten zu nehmen hast?

Prinzessin.
Nein — nicht auf Dich, nicht auf Deine Gesellschaft!

Der Fürst.
Und auch nicht auf — Dich?

Prinzessin.
Auch nicht auf mich... Ich mache, was ich will! Ich tanze Czardas, ich betrinke mich, ich betrüge Dich — wie es mir gefällt!

Der Fürst.
Du weißt nicht, was Du redest. Das ist ja moralischer Irrsinn!
Prinzessin.
Nenn' es, wie Du willst, es ist mir gleich. Ich will die Freiheit!
Der Fürst.
Das ist Dirnenfreiheit!
Prinzessin.
Ich wusste es ja, dass endlich einmal die Dirne kommen würde! Das ist doch immer das letzte Wort der Männer. Kennen sie doch auch die Dirnen so gut! So gut, dass sie ihre Frauen als Dirnen halten. Kennst Du das Wort, das für Dich ist? Aus dem gleichen Jargon kommt es! Kennst Du es nicht, so doch, was es bedeutet, das Handwerk. — — — Aber ich will Dich nicht schlechter machen, als Du bist. Ich will glauben, dass Dich bloß die Angst vor dem Scandal veranlasst hat, die Augen zuzumachen, als ich Dich betrog, dass diese Angst mir den Zweiten zuführte — — Aber ich brauche Deine Dienste nicht mehr. Mach' Dich bezahlt und fertig! — Was wollen Sie noch! Was muss ich noch thun? Was noch? Was noch?

(Brummell erscheint in der Thüre.)

Zweite Scene.
Die Vorigen. Brummell.
Brummell.
Ah, pardon! (Er will zurück.)

Prinzessin.

Nein, bleib', alter Clown! Sag' ihm's doch, dem da, was er ist! Sag' es ihm doch, er hat Dich doch zu mir geschickt, seinen discretesten Freund.

Der Fürst (zu Brummell).

Wir sprechen uns.

Brummell.

Ich stehe zu Diensten.

Prinzessin.

Ach, die Komödie! Die Komödie!

Der Fürst.

Madame, wir sind noch nicht zu Ende! (Ab.)

Prinzessin.

Ich habe mein letztes Wort gesagt.

Dritte Scene.

Die Vorigen. Ohne dem Fürsten.

Brummell (nach einer Pause).

Warum thun Sie das?

Prinzessin.

Es mußte einmal kommen — Und es kam zur rechten Zeit.

Brummell.

Zur rechten Zeit?

Prinzessin.

Ich fühle es — —

Brummell (nach einer Pause).

Was gedenken Sie zu thun?

Prinzessin.

Ach, denken, denken! Was weiß ich. Wollen wir uns darüber unterhalten, Sie mit Ihren sterilen Worten, ich — lassen wir's. — Wie ist Ihnen die letzte Nacht bekommen?

Brummell.

Die Cousine ist . . .

Prinzessin.

Sie können mir ja doch nichts anderes sagen, Sie gehören ja auch zu dieser — Gesellschaft.

Brummell.

Allerdings!

Prinzessin.

Nun also. Lassen wir's — —

Brummell.

Sie hat mich ja schrecklich gequält. Dann schließlich . . .

Prinzessin.

Und ich habe einmal die Lust, diese Gesellschaft zu scandalisieren. Ich kann nicht anders. Es ist wie eine Rache, die mich quält, folge ich ihrem Zug nicht.

Brummell.

Das ist eine Racenfrage, eine Blutfrage — es mischt sich nicht.

Prinzessin.

Ach, diese Theorien! — Ich will's nicht erklärt haben! Nur das weiß ich: Frei möchte ich sein! — — — Ich weiß nicht, wohin es mich treibt. Das ist ganz dunkel vor mir, aber es zieht mich hin — ich kann nicht sagen, mit welcher Gewalt. Es graut mir davor und entzückt mich ... Ich muß an unsere Prärien denken und an ein wildes Roß, das schreit ... Und dann wieder an dunkle, häßliche Straßen in meiner Heimatstadt, mit rohen Menschen voll, die betrunken sind und mit Messern stechen ... und manchmal fühle ich etwas ganz Schlechtes — — —

Brummell.

Bei uns nennt man das einen Colportageroman.

Prinzessin.

Gemein, nicht wahr? — — — Ich habe Sehnsucht nach der Gemeinheit.

Brummell.

Ist das Heimweh?

Prinzessin.

Ich komme vielleich' von dort, wer weiß es ... Hieher habe ich mich verirrt, so gründlich verirrt, daß ich den Weg, der mich hinausführt, nur im Traume ahne ... Sehnsucht nach der Gemeinheit ... das ist das Wort.

Brummell.

Es ist schön . . . Wer hat die Kraft dazu?

Prinzessin.

Ich muß sie haben! Ich muß sie haben! Alles schreit in mir davon. Ich bin noch jung. Was nahm mir das Leben? Ich bin noch jung.

Brummell.

Ich kam, Sie daran zu erinnern, wie jung Sie sind, so jung, daß man Sie fast noch ein Kind nennen möchte, wenn man Sie von Ihrer Sehnsucht reden hört. Darf ich Ihnen zu Ihrem Geburtstag etwas wünschen?

Prinzessin.

Ganz vergaß ich daran. Da werden ja gleich die anderen kommen, mir etwas zu wünschen. Und Sie?

Brummell.

Daß Sie im Leben den noch treffen, der Sie zähmt!

Prinzessin.

Ein schlechter Wunsch. Und wieder ein Mann! Wie können Sie nur so viel von den a n d e r e n Männern erwarten? Was Ihrer Weisheit nicht gelang?

Brummell.

Weisheit bändigt nicht.

Prinzessin.

Wollen Sie ein bißchen allein sein? Empfange ich meine Gratulanten in dieser Toilette, so möchten die

Wünsche mancher vielleicht doch zu intim werden — und was würde dazu der Fürst sagen? Auf Wiedersehen. (ab)

Vierte Scene.
Brummel. Später Edgar.

Brummell (geht auf und ab, bleibt vor einem Spiegel stehen).

"Alter Wüstling" sagte die Kleine zum Schluß. Was doch schon die Kinder heute für Erfahrung haben! (Er promeniert wieder.) Was warte ich noch? Das dauert doch ewig! Und was soll ich noch hier? — Es wird zu schwierig für mich. Ich liebe die Psychologie nicht. Ich gehe. (Er trifft mit Edgar an der Thüre zusammen.)

Edgar.

Ganz wie früher: man meldet nicht, man klopft nicht, man tritt ein.

Brummell.

Und geht, wie man will. Aber das Gesicht kenne ich doch.

Edgar.

Und Du bist auch noch da? Hier hat sich doch nichts geändert. Ein bißchen fetter, ein bißchen kahler — sonst der alte Brummell.

Brummell.

Natürlich, Edgar! Aber wo hast Du denn diesen unheimlichen Bart her, oder diese Bärte, eins, zwei, drei Bärte?

Edgar.

Abwechslung, nur Abwechslung — aber Du bist noch immer so...

Brummell.

Mein Gott, bei unserem Leben, wo soll man da starke Änderungen hernehmen! Wir sehen schließlich einer aus wie der andere — mehr weniger Haare, mehr weniger Zähne. Wie lang warst Du fort?

Edgar.

Zwei Jahre wohl, meinst Du nicht?

Brummell.

Entschuldige — aber Du mußt es doch besser wissen.

Edgar.

Ja, man vergißt die Zeit.

Brummell.

Interessant drüben? Rauchst Du? Ungeniert, wir sind ja hier zu Hause — beide.

Edgar.

Bist Du es noch?

Brummell.

Ganz entfernt verwandt — so Art Cousin. Aber ich komme manchmal her. Nachsehen, weißt Du. Kommst Du auch — nachsehen?

Edgar.

Ja, so im Vorbeigehen. Unterwegs hat man mir gesagt, was ich für einen Freund am Fürsten bekommen habe, und da will ich ihm doch die Hand schütteln!

Brummell.

Hat man Dir erzählt …? — — Ich will ihn gewiß nicht vertheidigen, aber sieh', Geschäft ist einmal Geschäft — das wirst Du doch drüben gelernt haben? Willst Du den Fürsten nach einem anderen Grundsatz behandeln? — — Er wird Dir sagen: „Mein Lieber", wird er sagen

Edgar.

„Ich und Ihr Vater", wird er sagen, „wir haben speculirt, er schlecht, ich gut, er verlor, ich gewann, all right, das ist einmal so." Wenn man übertrieben ist, kann man sagen, der Fürst hätte das Resultat vorausgewußt, aber welcher Geschäftsmann weiß das nicht?! Nur der schlechte.

Brummell.

Also!

Edgar.

Versteh' mich doch, ich will ihm die Hand schütteln, er hat mir etwas geschenkt!

Brummell.

Schenken ist sonst nicht seine Art.

Edgar.

Er ist ein Fürst! Die Hand, umsomehr die Hand, daß ich sie ihm schüttle!

Brummell.

Und?

Edgar.

Jeden Monat darf ich mir auf der Bank eine Kleinigkeit holen — nicht viel, aber doch, doch! Er zahlt mir in kleinen Raten den Selbstmord meines Vaters heraus. Was für ein unmoralischer Mörder! so stillos! Kümmert sich noch um die Brut des Opfers. Nur ein halber Lump. — Führ' mich zu ihm, daß ich ihm ins Gesicht spucke.

Brummell.

Du bist ein Quäker geworden.

Edgar.

Wenn man mit seinem Leben einmal allein war, einmal mit ihm allein, dann beginnt man, es mit neugierigen, verliebten Augen anzusehen, man hegt es und trägt es, wie eine Katze ihr Junges. M e i n Leben fühlt man, m e i n e s, n u r m e i n e s! Man will sich ein Haus von Grund aus zimmern — und da kommt einer und will einem faule Balken dazu schenken.

Brummell.

Sehr schön gesagt!

Edgar.

Ich kenne den Witz Eures Daseins! Ich habe mir eine gute Erinnerung davon bewahrt. Moralisch — unmoralisch — das sind bei Euch nur Gradunterschiede Eurer Schwäche. Ich war bei den Grenzleuten im Westen — bei denen ist das anders. Bei Euch kann man vernünftig nur als Canaille leben. Man kommt hier an und spürt es schon an der Luft. Man bekommt von einem Lumpen gestohlenes Geld, braust auf, steckt ein und redet, redet.

Brummell.

Ja, man redet. Du mußt sehr einsam gelebt haben, und ich bin wohl der erste Mensch, den Du triffst. Ich bewundere Deine Gedanken. Man denkt sie ja bei uns auch alle fünf Jahre frisch. Die ruhigsten Leute geben sich damit ab; die fangen plötzlich an, von der Kraft zur Sünde zu predigen und wie das weiter heißt. Aber man wirtschaftet hier schlecht damit. Das ist, wir leben eben in geordneten Zuständen, in denen man nur bestimmte Quanten Sünde zuläßt. Was thut man? Man steckt ein und redet. Aber wir nun nicht mehr. Plaudern wir lieber von etwas Unterhaltendem. Und, um auf den Fall zurückzukommen, canaillisiere Dich und nimm das Geld oder nimm's nicht, — aber spuck' ihm nicht ins Gesicht. Das ist erstens unappetitlich, und zweitens ist der arme Mann genug geschlagen, und Du warst darin nicht der letzte.

Edgar.

Wenn ich mich recht erinnere, war ich der Zweite. Oder warst Du nicht der Erste, der sie — Hoppla! — über den Graben hob?

Brummell.

Lang her! Historisch!

Edgar.

Und gieng das so weiter?

Brummell.

— — Sie ist eine merkwürdige Frau. Hier versagt meine reiche Erfahrung. — Neuling, einfach Neuling bin ich da. Ich versteh' das nicht. Jede wäre froh, einen bequemen Gatten zu haben, und er ist wirklich ein guter bequemer Mensch, der Fürst. Was thut sie? Sie schreit es ihm ins

Gesicht, daß er noch anderes als Haare auf dem Kopfe hat! Sie haßt ihn nicht einmal, glaub' ich. Er ist ihr nicht im Weg, sie kann machen, was sie will und sie — kannst Du das erklären?

Edgar.

Das muß man sehen.

Brummell.

Heute sprach sie von ihrer Sehnsucht, von der Sehnsucht nach Gemeinheit!

Edgar.

Nach? Von ihr weg willst Du sagen.

Brummell.

Wie...? Ich versteh' nicht, aber sie sehnt sich nach der Gemeinheit, sagt sie. Und glaube nicht, daß sie eine Dirne ist, nein, im Gegentheil!

Edgar.

Und sie weiß es nicht.

Brummell.

Versteh' ich's —? Ein Wald.

Edgar.

Damals — war sie ein kleines Ding, das nicht aus noch ein wußte, ein Gemisch von Angst und Frechheit und ohne Weg und Richtung. Mit Neigungen, Verdorbenheiten, die auf meinen Vorgänger wiesen.

Brummell.

Attila! Wo ich hintrete.

Edgar.

Aber ich sehe schlecht zurück. Was war ich damals! Schulden, die sie mir bezahlte, machten sie mir lieb, wenn ich auch die Schulden für sie machte — ich war ein Knabe. Und heute zahlt sie mir mit einer Leibrente — so gleicht sich alles aus.

Brummell.

Sie weiß davon nichts. Wir sprachen gestern von Dir, sie kümmert sich um nichts, was ihr Mann macht.

Edgar.

Und wenn sie es auch wüßte! Was läge daran. Von ihr wäre es ein Witz. — Also diese Sehnsucht... Sie ist vielleicht hysterisch. Aber das ist ein Wort für Viele. Was bedeutet es? Das macht nur das Nachdenken kurz. — Wo ist sie?

Brummell.

Bei der Toilette, sie wird wohl gleich da sein. — — Sag' mal, wie sind denn die Frauen drüben im allgemeinen? Ist die Prinzessin nur ein Einzelfall oder Typus?

Edgar.

Die Körper sind gut, besser als bei uns, sie baden kalt und lieben die Bewegung in der starken Luft. Aber die Instincte sind schlechter. Die Erotik verpufft sich in die Auf-regungen der Toiletten und schönen Steine — und das bis tief hinunter. Bei uns ist wenigstens die mittlere und untere Schichte darin besser. Ich weiß übrigens nicht viel davon. — Erzähl' mir noch von Maud.

Fünfte Scene.

Die Vorigen. Die Prinzessin.

Prinzessin (von links kommend).
Wem soll von mir erzählt werden?

Edgar.
Ach, Maud! — — Du bist noch schöner geworden, nur Deine Augen . . .

Prinzessin.
Edgar, wirklich der . . .!

Brummell.
Arg verändert, nicht?

Prinzessin.
Ich hab' ihn gleich erkannt.

Edgar.
Anders wohl nicht, gut, wie wir uns gekannt haben!

Prinzessin.
Machen Sie keine sentimentalen Reden und thun Sie nicht, als ob wir eines der berühmten Liebespaare abgegeben hätten. Fast erinnere ich mich an nichts mehr, als . . .

Edgar.
An Ihr geplündertes Portemonnaie. — Ja, ich war sehr verliebt, aber ich habe mich gebessert.

Prinzessin.
Aber, wir versuchen es nicht noch einmal.

Brummell.

Sie fürchtet doch die Kosten.

Edgar.

Nein, um Gotteswillen...!

(gleichzeitig).

Prinzessin.

Sie wehren sich ein bisschen zu heftig, um noch galant zu sein.

Edgar.

Galant — ja... ach, wie Brummell! Du musst mir darin Stunden geben, ich hab' so viel verlernt drüben.

Brummell.

Denken Sie, er kommt von den Rothhäuten und will hier das Scalpieren einführen! — Stilvoll! Groß! Lasterbesessen!

Prinzessin.

Ja, davon müssen Sie mir erzählen, Edgar, von Ihrem Leben, von Ihrer Vergangenheit, und die unsere lassen wir so gründlich vergangen sein, dass wir uns ihrer kaum noch erinnern können. — Erzählen Sie mir von meiner Heimat.

Brummell.

Es thut mir unendlich leid, nicht noch einmal zuhören zu können, aber ich muss fort.

Prinzessin.

Sie müssen etwas?

Brummell.

Heute ausnahmsweise einmal. Ihretwegen!

Prinzessin.

Meinetwegen?

Brummell.

Die Gründe liegen wohl weit zurück, doch stehen sie von den Todten auf und thun, als ob sie von heute wären. Auf Wiedersehen! (Ab.)

Prinzessin.

Ach, die zwei Löcher in die Luft! Auf Wiedersehen!

Sechste Scene.

Die Vorigen. Ohne Brummell.

Prinzessin.

Also?

Edgar.

... Wie ein Dämon!

Prinzessin.

Erzählen Sie!

Edgar.

Von Ihrer Heimat ... ich weiß nicht, ob ich das Richtige weiß. — Ich habe mich in Ihren großen Städten herumgetrieben, nicht lange, sie waren mir zu klein — von allen den vielen Menschen Ihrer großen Städte kamen zu wenige an meinen Stuhl, um sich die Schuhe bürsten zu lassen — meine schwarzen Concurrenten konnten es nämlich besser.

Prinzessin.

Sie Schuhputzer?

Edgar.

Ja, auch — als es mit dem Sprachunterricht nicht gieng und mit dem Photographieren auch nicht. Dann — dann war ich auch Stallknecht. Ich hatte es gut bei den Pferden, denn es waren die Ihres Vaters, und man kann leben bei ihm.

Prinzessin.

Wie?

Edgar.

Ja, auf seinem Landsitz bei Greenhill ritt ich seine Pferde zu. — — Da wäre eine Gelegenheit, Ihnen Grüße bestellen — aber ich kann's nicht, denn man gab mir keine auf. Ich war ja nur Edgar der Stallknecht.

Prinzessin.

Sie wollen mir Geschichten erzählen.

Edgar.

Wahre Geschichten. Denn bald war ich Edgar der Pferdedieb. Ich erlaubte mir nämlich, auf einem von Ihres Vaters Fuchshengsten davonzureiten, als es einmal Frühling wurde. Nicht gut von mir, aber ich dachte, es ist ja Ihres Vaters Fuchshengst.

Prinzessin.

Ich weiß noch immer nicht, ob Sie scherzen ...

Edgar.

Soll ich Ihnen Ihr elterliches Haus beschreiben? Soll ich Ihnen von Ihrer Mutter erzählen?

Prinzessin.

Von meiner Mutter ....!

Edgar.

Ich ritt einmal einen niederträchtig wilden Gaul, da rief sie mir zu: „Edgar, take car, Du wirst ihm noch den Hals brechen!"... Aber sie hat gute, liebe Augen, die Ihren, wie sie früher waren.

Prinzessin.
Meine Mutter!...

Edgar.
Und ich ritt fort.

Prinzessin.
Und was macht Frank? Und James? Und Isabell?

Edgar.
Was für eine Isabell?

Prinzessin.
Die Schwarze, die mich trug?

Edgar.
Sie lebt wohl noch. Sie fragen, als ob ich gestern dort gewesen wäre und es ist schon ein Jahr — sind Ihre Briefe nicht jünger?

Prinzessin (betastet ihn mit den Händen).
Lassen Sie... Sie waren bei meiner Mutter... ich muss das ja fühlen...

(Pause.)

Prinzessin.
Wie ich Sehnsucht habe...

Edgar.
Die Sehnsucht?

Prinzessin.
Hier ist alles so kalt und fremd und eng, wie in einem Kerker ist es hier... Sie kommen von der Freiheit.

Edgar.
Von der Freiheit?... Die ist nicht drüben, nicht hier. Die muß jeder mitbringen, in sich mitbringen wie Herz und Leber.

Prinzessin.
Die Freiheit?

Edgar.
Als ich auf dem gestohlenen Roß davonritt, da fühlte ich erst, daß sie bei mir war, da ritt sie mit mir. Man haßt sie drüben, denn meine Mitstallknechte schossen nach ihr, trafen aber nur mein linkes Bein — ich ritt schneller und — dann verliert sich mein Weg, für Sie, für mich... dann kam ich in ein Land, das nicht Ihre Heimat ist — und ich sollte ja nur von Ihrer Heimat erzählen.

Prinzessin.
Was für ein Land?

Edgar.
Ein ganz tolles. Man tödtet sich dort und hilft einander vor dem Verhungern, man raubt und theilt mit den Armen. Ich lebte dort mit Leuten, die das blanke Messer vor sich unter die Tischkante stoßen, bevor sie anfangen, Karten zu spielen. — — Ich habe dort mich

und die Zeit verschwendet in Lust und Freude an mir selber, wie ich auch war... Das ist doch nicht Ihr Heimatland?

Prinzessin.

... mich und die Zeit verschwendet in Lust und Freude an mir, wie ich auch war ...

Edgar.

Ihre Heimat ist ein großes Nest mit gewöhnlichen Menschen, die leben, sich fortpflanzen und sterben wie bei uns.

Prinzessin.

Das ist nicht meine Heimat.

Edgar.

Nichts anderes.

(Pause.)

Prinzessin.

Und was war das Ende?

Edgar.

Welches Ende?

Prinzessin.

Was — bringen Sie mit?

Edgar.

Ich bin — zufrieden. Ich kann begehren und erringen. Und kann entsagen mit Lachen. Ich bin zufrieden. Ich weiß wie stark meine Hand, wie scharf mein Auge ist. Das habe ich erworben. Und es ist genug.

Prinzessin.
Ich will dorthin!

Edgar.
Da würden Ihre schönen weißen Füße bald von vielen Wunden bluten, und Sie lieben doch Ihre schönen weißen Füße . . . Sie würden Enttäuschungen finden. Sie haben zu viele Sehnsüchte nach den kleinen Zielen, die unser Leben haben kann. Vor jedem stehen Sie enttäuscht, Ihre Sehnsucht hetzt Sie weiter, zu Tode . . . Sie werden nie begreifen, daß es nur das eine Ziel gibt, und an dem werden Sie immer vorübergehen. Das ist Weiberschicksal.

Prinzessin.
Sie wollen mir mit trüben Worten den Glauben an meine Kraft nehmen — warum thun Sie das?

Edgar.
Kraft? Sie sind ein Kind.

Prinzessin.
Man wird stark, wenn man leidet.

Edgar.
Und ich dachte Sie in der Fülle des Glückes, am Glück leiden. Aber Sie sagen es und Ihre Augen . . . Aber was können Sie leiden? Frauen thun es um den Mann, sie nennen's Leiden, aber es ist Wollust.

Prinzessin.
Ihre Weisheit ist noch zu jung. Sie spricht noch zu viel. Ich möchte Sie im engsten Raum handeln sehen, hier

an meiner Stelle — Sie würden vor Weisheit nicht wissen, was thun. — — Ich will nicht überlegen und denken, ich will mich vom Impuls nehmen und tragen lassen — Das gibt der Moment. Und der kommt. Ein Frühling ist da — ich suche mir das Roß, das mich davonführen soll ... Ich bin bereit. Das ist das Wichtige. Das andere geht von selbst.

Edgar.

Hier ist kein Raum dazu — hier sind die Menschen klein und reden. Mach' ich es anders? Ich denke Eis und fühle heißes Blut und mein Reden mischt eine schlechte Philosophie daraus. — Du willst von Deinem Manne fort?

Prinzessin.

Nicht mit Dir! Nicht mit Dir, Edgar! Du bist zu alt für mich, wenn Du auch jung bist. Du würdest mich Schlechtes lehren, denken und verstehen und alles das, was ich nicht will, weil ich es nicht kann. Ich könnte nur dumm denken und schlecht verstehen lernen.

Edgar.

Und da würdest Du werden, wie jede andere — Du hast Recht, Dein Reich ist nicht dieses.

Prinzessin.

Nein.

Edgar.

Bei Dir löst sich alles und bindet sich alles im Blute.

Prinzessin.

Ich weiß es nicht, was es ist, aber ich fühle, daß nur ein Weg ist, der mir zu gehen bestimmt, wohin er auch führt, hinunter, hinauf — das ist mir gleich.

Edgar.

Du solltest bei ihm bleiben, Maud. Durch die Adoption gehöre ich halb zur Familie — und es macht sich nicht gut, wenn Eltern sich trennen.

Prinzessin.

Was heißt das?

Edgar.

Kennst Du den Ödipus? Der hat ohne sein Wissen seine Mutter geheiratet — so ähnlich, so ähnlich, nur umgekehrt, ich bekomme meine Geliebte zur Mutter und die Erinnyen geschenkt. Das verstehst Du nicht, das ist ein sehr feiner Witz vom Fürsten, laß' Dir ihn — aber Unsinn! Unsinn! Du hörst mir gar nicht zu, es ist gut, ganz gut. Ich möchte Dich küssen, Maud, ich habe so lange nicht geküßt, ich trage auf meinen Lippen noch den Honig unserer letzten Nacht... glaubst Du es? Glaub's nicht, es ist natürlich. nicht wahr, aber ich fühle es jetzt so, so ganz wahr!...

Prinzessin.

Laß' — nicht! — Du bist's ja nicht. Und der es ist, den hab' ich schon im Traum gesehen, heute Nacht... Ich warte nur auf ihn... hinter mir ist alles aus... auch Du, Edgar. Er steht schon auf meinem Weg, siehst Du ihn nicht?

Edgar.

Wen?

Prinzessin.

Der mit mir geht, mich führt, die ersten Schritte... Hörst Du nicht? Er kommt...

Siebente Scene.

Die Vorigen. Das Kammermädchen.

Das Kammermädchen.

Ich weiß nicht, Durchlaucht...

Prinzessin (zu Edgar).

Er kommt, ich wußte es ja!

Das Kammermädchen.

Er will zum Fürsten, wegen der Musik von gestern, sagt er.

Prinzessin.

Das ist der Vorwand! Warum stehst Du noch? Er soll... Ich komme (rasch ab, hinter ihr das Kammermädchen).

Edgar.

Ein Musikant...? Er wird wohl gut die Flöte spielen.

Achte Scene.

Edgar (allein).

Schade! — Komm ich zu spät? — Ein schönes, wildes Thier —! Und will ein Engel werden.

Neunte Szene.

Edgar. Der Fürst (in Hut und Mantel von rechts).

Edgar.

Eilen Sie nicht. Sie haben noch immer Zeit. Ich muß ihr helfen. Sie untersucht den Weg.

Der Fürst.

Mit wem soll ich sprechen?

Edgar.

Schlechter Vater ... Ich bin Edgar.

Der Fürst.

Was wollen Sie?

Edgar.

Danken, was sonst? Ich bin mit Unglücklichen immer höflich.

Der Fürst.

Ich verstehe Sie nicht. Ich nehme mich Ihrer an, weil Sie der Sohn meines unglücklichen Freundes sind, solange, als Sie sich dieser Gefühle, die ich vom Vater auf den Sohn übertrage, würdig erweisen!

Edgar.

Gerade vor diesen Gefühlen habe ich Angst. Ich möchte Sie bitten — was soll ich nur mit Ihnen reden, um ihr zu helfen! Waren Sie schon in Amerika? Oder ziehen Sie Australien vor? Sie will Sie verlassen!

Der Fürst.
Ich glaube, Sie sind ...

Edgar.
Ich weiß es, sagen Sie es nicht, da oben ja, das Glück, die unerwartete Freude, die Seereise — das verwirrt mich so — ich denke, jetzt muß doch schon alles in Ordnung sein mit dem Flötenspieler?

Zehnte Scene.
Die Vorigen. Prinzessin.

Edgar.
Ist es nicht?

Der Fürst.
Was will der Mensch hier bei Dir?

Die Prinzessin.
Ein alter Freund. Sehen wir uns wieder?

Edgar.
Auf dem einen, einzigen Weg?

Die Prinzessin.
Auf meinem Weg.

Edgar.
Wenn Platz für zwei ist. Ich will suchen.

Der Fürst.
Ich verstehe nicht, was das alles heißen soll ...

Die Prinzessin.
Das wird Dir dieser vielleicht erklären. Übrigens — Du kannst Dich auch mit ihm duellieren! (Ab nach links.)

(Kleine Pause.)

Edgar.
Ich war Condorjäger! Wollen wir ein bißchen schießen gehen?

Vorhang.

Dritter Act.

Erste Scene.

Ein kleiner Salon in einem Hotel. — Links rückwärts in einem tiefen Alkov die Tafel mit den Gästen. Rechts Hintergrund eine Thüre. An der rechten Seitenwand mit Portièren verhängte Fenster. Sonst im Raum Divans, Causeusen, Tischchen. — Josa mit dem Boxer vorne rechts. Die Prinzessin mit den Gästen an der Tafel. Die Gäste: Der Schlangenmensch, der Bauchredner, ein Coupletsänger, zwei englische, sehr schweigsame Excentriques. Alle im Frack, die Prinzessin in schwarzem Sammt. Man trinkt schon Sect und Whisky. Der Bauchredner schläft.

Der Boxer (etwas betrunken).

Augen muß man haben, Augen sag' ich Dir — man weiß nie, wann die Bestie losschlägt, und dann blitzgeschwind das Auge in die Faust, so — Kunst. Ja mein Lieber, Geigenspielen ist leichter.

Josa (der immer nach der Prinzessin sieht).

Wie sie sie alle mit den Augen auffressen, kaum daß die Hände — Maud!

Der Boxer.

Was willst Du mit den Augen allein — natürlich die Hand! Mach' die Augen zu, mach' zu, in dem Fall blind

sein und Deine Faust! — Das ist schwieriger, als ein
Känguruh, aber Übung, Übung! (Er schwankt zur Tafel hin.)

Josa.
Maud!

Die Prinzessin.
Und das ist die Geschichte der Krone. (Sie kommt vor.)
Sieh', eine Perle ist mir noch geblieben.

Josa.
Perlen unter die Schweine.

Die Gäste.
Es lebe die Krone!

(gleichzeitig.)

Die Prinzessin.
Was ist?

Josa.
Ich weiß nicht. Gefällt Dir das?

Die Prinzessin.
Dir nicht?

Josa.
Nein.

Die Prinzessin.
Was hast Du dagegen?

Josa.
Sie sind alle unverschämt, sie machen Dir den Hof,
sie thun, als ob Du allen gemeinsam —

Die Prinzeſſin.
Wer? Der eine ſchnarcht, die anderen trinken, geh'!

Joſa.
Und dieſer Dünne! Und der mit dem ſchiefen Maul!

Die Prinzeſſin.
Ach, ſolche ....! Komm', Sie ſind luſtig, ſei's Du auch.

Joſa.
Biſt Du?

Die Prinzeſſin.
Es iſt ja mein Tag! Es war doch ſo ſchön, nicht?

Joſa.
Ja, Du warſt herrlich, herrlich! ... Aber —

Die Prinzeſſin.
Nicht „aber", nicht! Die „aber" machen alles im Leben bitter. Und wir wollen's doch nicht ſo? Komm', ich habe Dich doch lieb, was willſt Du? Was willſt Du mehr?

Joſa.
Mehr? Was haſt Du mich lieb? Wie viel?

(Rückwärts ſchleicht ſich der Knabe herein und ſetzt ſich neben den ſchlafenden Bauchredner. Er wird von den Trinkenden mit „Hallo! Bauch!" empfangen.)

Die Prinzeſſin.
Ich kann's nicht wägen, viel, wenig — was weiß ich.

Josa.

Du kannst nicht, viel, wenig — so hat man nicht lieb, Liebhaben ist alles sein, ist Gehorchen, ist alles, alles — so warst Du anfangs, erinnerst Du Dich noch? Ich trug Dich, so trug ich Dich auf meinen Armen — da hattest Du mich ganz, ganz lieb ... aber jetzt

Die Prinzessin.

Laff', laff' ...

Josa.

Jetzt schaust Du an mir so vorbei, und wenn Du mich, ansiehst, dann mit Augen, die sich nur erinnern, daß sie mich einmal lieb hatten ... nur erinnern ...

Die Prinzessin.

Laff'! Hab' Geduld, ich weiß ja, ich weiß, aber — kann ich anders? Kann ich?

Josa.

Kann's nicht wieder sein, wie früher, wo wir allein waren, für uns, so glücklich — verdiente ich nicht, was wir brauchten, daß Du das thun mußtest? Damit hat es angefangen.

Die Prinzessin.

Du verstehst es nicht. Du verstehst das nicht. Das mußte sein.

Josa.

Mußte? Mußte! ...

Die Prinzessin.

Laff' meinem wilden Roß den Weg — es kennt ihn, gib' acht, halt's nicht auf, gib' acht! ...

Josa.
Maud!

Die Gäste (lachen laut auf über etwas, das einer erzählte).

Josa (kehrt sich wüthend um).
Lachen die?

Die Prinzessin.
Sie sind vergnügt, so laß' sie lachen, und wir mit ihnen, komm'!

Josa (ruft nach rückwärts):
Noch einmal erzählen! Die Prinzessin will lachen!

Der Boxer (nach vorne kommend).
Will sie? Will sie? — Ein Stückchen aus Joias Leben, aber nicht für Frauen — mein Gott! Jeder Mensch hat seine Vergangenheit.

Der Schlangenmensch (vorrufend):
Aber nicht jeder eine Zukunft!

Die Prinzessin.
Wenn nur die Gegenwart schön ist, nicht Josa?

Der Boxer.
Ein Scherz nur, Liebste. Was heißt das! Wir scherzen, aber wir achten uns, weil wir die Kunst achten!

Josa.
Bis auf das Känguruh!

Der Boxer.

Komm', Kleiner, nicht ärgern — boxt Du auch nur mit einer Geige, so trink' ich doch immer noch mit Dir, komm', Du trinkst nicht genug für Dein Alter und Deine Aufgabe! (Er zieht Josa an den Tisch nach hinten. Der Schlangenmensch kommt langsam nach vorn zur Prinzessin, die sich auf eine Chaiselongue geworfen.)

Der Schlangenmensch.

Sie trinken ja nicht? (Er überreicht ihr ein Glas.)

Die Prinzessin.

Danke.

Der Schlangenmensch.

Zufrieden? Der Erfolg war gut.

Die Prinzessin (gleichgiltig).

Ja. Was machen Sie?

Der Schlangenmensch.

Worin ich arbeite, meint der Collega. Ich bin Contusionist.

Die Prinzessin.

Das ist so Zusammenziehen und ... und ...

Der Schlangenmensch.

Schlangenmensch sagt der Pöbel.

Die Prinzessin (zerstreut).

Das muß schön sein.

Der Schlangenmensch (beugt sich über die Lehne zu ihrem Gesicht herab).

Ich sage Dir, sehr interessant! Wann ... (er flüstert ihr ins Ohr).

Die Prinzessin (fährt auf).

Ah!

Der Schlangenmensch.

Ein Weib, das ich umarme, muß sich geehrt fühlen! (Er geht langsam zum Tisch nach hinten.)

Die Prinzessin.

Noch nicht würdig ... Canaille! (Sie schleudert das Sectglas von sich.)

Josa (rückwärts, betrunken).

Ich bringe jeden ... um!

(Gelächter.)

Der Knabe (ist rasch zur Prinzessin vorgekommen; in einem dunkelblauen Kleid Stil Louis XIV).

Warum haben Sie Arabell nicht eingeladen?

Die Prinzessin (erstaunt).

Ich wollte nur Collegen! Aber was geht das Dich an? Wer bist Du? Ist diese Arabell Deine Geliebte, die Du gern da hättest? So geh' zu ihr. Was willst Du hier? Ich kenne Dich ja nicht?

Der Knabe.

Arabell ist meine Schwester ... und jetzt ist sie allein ... und weint ... und der Josa war grob mit ihr, als sie ihn bat ... sie ist noch so klein ... sie sieht jünger aus, ist aber schon fünfzehn, wir sind Zwillingsgeschwister . . . es hätte sie gefreut, und so . . .

Die Prinzessin.
Warum kamst Du am Abend nicht zu mir?

Der Knabe.
Ich hatte Furcht . . .

Die Prinzessin.
Und jetzt auf einmal?

Der Knabe.
Ich habe — ich sah und hörte Dich . . . und Du bist gut — und dann wußtest Du nicht, daß es meine Schwester . . .

Die Prinzessin.
Und dann trankst Du auch, nicht wahr?

Der Knabe.
Ja . . . aber Du bist gut . . . Du . . .! Du!

Die Prinzessin.
Komm' näher zu mir! (Sie nimmt seinen Kopf in ihre Hände.) Gott, Gott! Du bist ein Kind . . .! Wie alt bist Du?

Der Knabe.
Fünfzehn!

Die Prinzessin.
Wie kamst Du hieher? Und warum trägst Du ein solches Kleid?

Der Knabe.

Ich lief von daheim fort, ich hielt es nicht aus..! Bella hat mir dies angezogen ... es ist ihres ... Dort, der Dicke ist mein Vater.

Die Prinzessin.

Der Bauchredner?

Der Knabe.

Ja, der —

Der Boxer (rückwärts an der Tafel zu Josa).

Josa, Josa, gib acht! Der Knabe Karl...

Josa.

Ich schlag' ... ihn ... todt ...

Die Prinzessin.

Geh' nach Haus, mein Kind, schick' mir morgen Deine Schwester. — Was arbeitet sie?

Der Knabe.

Auf dem Seil, mit andern.

Die Prinzessin.

Und Du?

Der Knabe (schweigt).

Der Schlangenmensch (ist vorgekommen).

Bauch! Was redest Du, da Dein Meister schläft?

Der Knabe.

Schweig, Hund!

Der Schlangenmensch (zur Prinzessin).

Manchmal versagt dem dort die Stimme, versteh', der Bauch sozusagen — dazu ist dann dieser Sohn und Jüngling da, in den Coulissen —

Der Knabe (springt ihm an den Hals).

Hund! Hund!

Der Schlangenmensch.

So bissig?

Die Prinzessin.

Lass' ihn! Dein Zorn ist gut. Er verdient ihn nicht.

Der Schlangenmensch (schleudert den Knaben auf den Boden).

Gib acht! . . . (Er geht wieder nach rückwärts und plaudert lachend mit dem Boxer.)

Die Prinzessin (schnell zu dem Knaben, der besinnungslos auf dem Boden liegt).

Nein . . . es ist nicht schlimm . . . Komm', steh' auf. Bringt doch Wasser!

Der Knabe.

Du hast . . . eine weiche Hand — ich möchte gerne sterben, wenn nur Deine Hand . . .

Josa (ist nach vorn getaumelt).

Liegt schon einer betrunken . . . diese Schweine . . . können nichts vertragen . . .

Die Prinzessin (zu dem Knaben, der sich erhoben).

Geh' nach Haus. — Weckt seinen Vater auf!

Der Boxer.
Dieser edle Vater ist nicht wach zu bringen. (Er stößt ihn mit der Faust ins Gesicht.) Du!
Der Bauchredner.
Nicht kitzeln . . . nicht kitzeln . . . Was denn? Meine Nummer ist ja schon laang . . . vorbei. (Schläft wieder ein.)
Die Prinzessin.
Lasst ihn schlafen. — Du gehst allein, und Deine Schwester —
Der Knabe.
Lass' mich hier, ich will nicht heim . . . lass' mich hier sein bei Dir . . . ich bin so müde. (Er wankt.)
Die Prinzessin.
Ein blonder Page. Was für ein Kind! (Sie nimmt ihn und trägt ihn auf ein Sopha.) Ist's gut so?
Josa (hat mit blöden Augen zugesehen).
Das ist doch nichts — das ist doch nichts — Man trinkt nicht und ist trunken . . . gar nichts weiß man mehr — Da geht ein Weib und trägt ein Kind . . . Da geht mein Weib und trägt — Steh'! Du! Maud! Prinzessin!
Die Prinzessin (setzt sich auf einen Tisch vor dem Sopha und sieht ihn lächelnd an).
Was willst Du?
Josa.
Gehen wir heim . . . Lassen wir den Rest dieses Gesindels hier, die gehen doch nicht . . . Komm' . . . noch ein Glas

wir beide, eines, ganz für uns ... Was? Noch Einer? (In der Thür erscheint Edgar.)

Zweite Scene.
Die Vorigen. Edgar.

Josa (Edgar zurufend).

Schluß! Schluß! Wir schließen! (Er taumelt auf ihn zu, umarmt ihn.) Geh' nach Haus, ich bitte Dich ... enfin souls verstehe doch — aber höflich, Joja! — Erst noch ein Glas mit dem späten Gast wir beide .. (Nach rückwärts, um einzuschenken, fällt dort auf ein Fauteuil und schläft ein; die anderen trinken und unterhalten sich, manchmal lärmend, weiter. Der Coupletsänger versucht einige Takte auf dem Clavier, die Excentriques zerbrechen Gläser.)

Dritte Scene.

Die Prinzessin und Edgar vorn; der Knabe (links vorn, schlafend).

Die Prinzessin.

Daß Sie endlich kommen! War er da? Erzählen.

Edgar.

Er war da. Er rast! Als ein Wüthender! Als ein — Verliebter.

Die Prinzessin.

Du sprachst mit ihm?

Edgar.

Brummell. Er gieng zu ihm hinauf nach Deinem Auftreten. Er fand den Fürsten einfach fassungslos. Er will Dir die Polizei auf den Hals schicken, Dir das Auftreten verbieten lassen — und er ist verliebt wie ein Trottel.

Die Prinzessin.

Gut. Er war da. Und er hat mich gespürt. Ich bin zufrieden. Jetzt ist dieses alles für mich erledigt. Ich hatte so Lust nach dieser Genugthuung.

Edgar.

Grausam! Unmenschlich! Hinter dem Gitter der Loge stehen, Dich unten auf der Bühne, die Menschen — oh!

Die Prinzessin.

Wie war es sonst?

Edgar.

Du hast es doch erlebt, was fragst Du mich?

Die Prinzessin.

Ich weiß nichts. Ich sah und hörte nichts. Ich fühlte nur, daß ich siegte. Das andere?

Edgar.

Es läßt sich nicht beschreiben. Ich habe so etwas noch nicht erlebt. Vor Deinem Auftreten sah kein Mensch auf die Bühne, nur bei der Gallerie hatten die Fakire einigen Beifall. Aber im Saal — nichts, nichts! Alles streckte über den Tischen die Köpfe zusammen, konnte nicht ruhig sitzen, redete, redete — es war ein Fieber. Man hat sich an dem Wort Prinzessin die Zungen wundgestoßen!

Die Prinzessin.

Und?

Edgar.

Als sich für Dich der Vorhang theilte, legte sich ein großes, schweres Schweigen auf den Saal. Und Du tratest in dieses Schweigen hinein, wie...

Die Prinzessin.

Gott, wie denn?

Edgar.

Da gibt es keinen Vergleich, als den mit Dir selber. Was willst Du, Du hast eine Schönheit des Körpers, die ist wie ein Heiligthum. Selbst dieses Publicum fühlte das. Es war erschreckt — wie von der Erscheinung einer Gottheit. Das hatte man nicht erwartet. Das redete ja zur Seele und nicht —! Minuten vergiengen so. Du schrittest über die Bühne, Deine Schönheit wurde Bewegung, immer noch das Schweigen. Es war ganz griechisch. Man hielt den Athem an, wie bei einem Wunder. Und als der Teppich zusammenschlug, dann war es ein Jauchzen wie über eine Himmelsgnade.

Die Prinzessin (nach einer Pause).

Gut. — Gut. Also ein Sieg.

Edgar.

Der erste Sieg. — Und der letzte Sieg, der so wie dieser!

Die Prinzessin.

Der letzte?

Edgar.

Morgen schon wird das Volk wieder wiehern. Das kann nicht rein bleiben. Du wirst wieder siegen, aber anders.

Das Volk wird wieder werden, was es vordem war. Es läßt sich die reine Schönheit nicht gefallen.

Die Prinzessin.
Man sucht ein anderes Publicum, ein neues, ganz einfach.

Edgar.
Auch dann! Es ist Dein letzter Sieg gewesen.

Die Prinzessin.
Das verstehe ich nicht!

Edgar.
Nur einmal konntest Du Dich zum erstenmal in einer solchen Schönheit zeigen, deren Macht Du selbst nicht kanntest — morgen schon, jetzt schon weißt Du es, und Du bist anders. Das ist einmal die Schönheit, das zweitemal — der Fürst kämpft für die Schönheit, wenn er es durchsetzt, daß Du nicht zum zweitenmal auftreten darfst. Er meint es zwar nicht so, aber es wäre ein guter Erfolg.

Die Prinzessin.
Das zweitemal?

Edgar.
Wird es Gemeinheit.

Die Prinzessin.
Such' ich das nicht?

Edgar.
Fandest Du es nicht schon?

Die Prinzessin.

Dort schläft ein Armer, hier liegt ein Kind, die Dummheit und die Roheit geht fort (die Gäste entfernen sich bis auf die Schlafenden), der Rest

Edgar.

Ist Josa. Und der?

Die Prinzessin.

Ich frage mich.

Edgar.

Und bleibst Du auf dem Weg? Bist Du auf dem rechten?

Die Prinzessin.

Ich weiß nicht, ob der der rechte ist, der mich erst durch Schönheit führt und dann durch dumme Roheit, trunk'nen Schlaf an ein Kind.

Edgar.

Und Josa?

Die Prinzessin.

Der küßt mir nicht die Schleier von der Seele. — — Ich bin eine Närrin. Was will ich?... Ich kenne das Roß nicht, das mich trägt. Und es ist schlecht gezäumt. Schenk' ein, Edgar!

Edgar (geht zum Tisch und schenkt ein; in der Pause hört man Lachen von links; Edgar lacht auf).

Weißt Du, wer hier nebenan ist?

Die Prinzessin.

Wer?

Edgar.

Deine kleine Cousine mit einem Schauspieler. Sie sah Dich. Ich hörte, wie sie sagte, das könne sie auch — nun gibt sie wohl eine Privatvorstellung.

Die Prinzessin.

Lola?

Edgar.

Ja, Lola, das Kind — Übrigens — d i e geht den Weg, Maud, die geht ihn, den Weg zur Gemeinheit, blind, blind, wie man ihn gehen muß, mit dem Herzen, um das Ziel nicht zu verfehlen. Wer ihn mit offenen Augen sucht, der findet ihn nie; ich glaube fast, der kommt von ihm und will von ihm weg. — Die Kleine geht ans Ziel.

Die Prinzessin.

Was für ein Ziel meinst Du?

Edgar.

Das gibt dann vielleicht die richtigen Prinzessinnen. Pfui Moral, Pfui! Was rede ich! — Ich muß eine dumme Liebe zu Dir irgendwo im Herzen tragen oder bloß eine Neugier, daß ich so um Dich sein muß, Maud, daß — ah! Wir wollen trinken und Josa wecken. Josa! Josa! Wach' auf, Dein Haus brennt!

Der Bauchredner (erwacht).

Ich muß doch — guten Abend die Herrschaften.

Edgar (hat die Stores von den Fenstern weggezogen, daß die Sonne hereinscheint).

Morgen, Morgen, Alter!

Der Bauchredner.
... er war doch da ... wo ist denn der Bub? Oder habe ich geträumt?

Die Prinzessin.
Sie haben geträumt.

Der Bauchredner.
So werd' ich wohl gehen Ich danke Ihnen, Collegin und Ihnen, Herr, und — ach, der schläft! — Ich bitte um Entschuldigung, ich bin ein alter Mann, ich bitte .. (Ab.)

Edgar.
Elend. Elend.

Die Prinzessin.
Zieh' die Vorhänge zu. Was hat der Tag hier zu sehen.

Edgar.
Ja — er macht nur schlechte Gesichter. Weg das Licht und trinken! (Er zieht die Stores wieder zu).

Die Prinzessin (vor Josa).
Er schnarcht. Wie wenn er verheiratet wäre. Mit dem Recht des Ehemannes schnarcht er. Und seine Zähne sind schlecht. — Was meinst Du, Edgar, guter Freund, soll ich ihn heiraten?

Edgar.
Oh .. so schnell? So schnell wirst Du eine Schwester der Barmherzigkeit?

Die Prinzessin.

So schnell alt meinst Du? Ich glaube fast, es ist so. Stunden ...

Edgar.

Die Zeit ist noch früh, Prinzessin, es ist ja erst Morgen. Lass' erst die Abendschatten kommen, die haben das graue Kleid — Jetzt will ich den Komödianten holen und die Kleine — das ist die richtige Erbauung. Ich mag so melancholische Schlüsse nicht. Genug, wenn die Zukunft — Heda! (Er schlägt an die linke Seitenwand.) Heh! Freunde! Gefährten der nächtlichen Trunkenheit! — Ich glaube, die schlafen. Ich hole sie. (Ab.)

Vierte Scene.

Die Prinzessin und die Schlafenden.

Die Prinzessin (bei dem Knaben).

Der arme Junge. Er lächelt im Schlaf, wenn ich ihn nur anblicke. Fast wie ein Mädchen sieht er noch — der Bauch. (Sie lacht.) Was für eine Komödie! (Sie geht zu Josa.) Ich kann Dir nicht helfen. Aber Du darfst auch nicht mit offenem Munde schnarchen, wenn Du deine Geliebte bei Dir weißt. Das macht die Liebe lachen, und wenn die einmal so lacht! . . . Leb' wohl. Einen Kranz möcht' ich auf Dich legen wie auf einen — Leb' wohl, ich danke Dir. Du warst kein Held, Du hattest Momente, einer davon war für mich. Ich muss danke sagen.

Fünfte Scene.

Die Vorigen. Edgar mit Lola, später Silvio.

Edgar.

Nur herein! Wir sind ganz unter uns, Freunde!

Lola (ganz in einem Rosa-Tricot. Sie erschrickt zuerst, dann kommt sie frech vor).

Und was ist dabei!?

Edgar.

Die Arme langweilte sich zum Sterben da drüben. Der Wisme schläft, und um nicht zu sterben, muß sie sich — nun natürlich! Du hast ganz recht, Lola, nur keine Standesvorurtheile in Deinem Alter! — Kind ist Kind, und auch ein Kellnerjunge ist ein Mensch!

Lola (zur Prinzessin).

Was sagst Du zu meinem Costüm?

Die Prinzessin (sitzt auf dem Tisch, hinter welchem auf dem Divan der Knabe liegt. Sie blickt schweigend auf Lola).

Lola.

Was starrst Du mich so an? Was sprichst Du nicht? Nicht wahr, ich treff' es auch! — Oder hast Du mir etwas vorzuwerfen, Du! Du!?

Edgar.

Neid, süße Lola, Neid! Ein bißchen mehr Beef, etwas Watte, wenn's nicht gleich hilft und es wird schon gehen. Man darf nicht den Muth verlieren und Du bist noch jung. Das Leben liegt ...

Lola (zur Prinzessin, schreiend):

Was willst Du!?

Die Prinzessin.

Nichts. Deine Eltern möchte ich vielleicht um Verzeihung bitten, wenn sie noch am Leben . . .

(Pause.)

Lola.

Mich friert!

Edgar.

Du mußt Dich wärmer anziehen. Komm', nimm meinen Überzieher. Kurz — kurz! man sieht immer noch genug, um Dir ein Compliment zu machen. Wie sie friert — es schüttelt sie förmlich!

Silvio (an der Thür).

Entschuldigung. Herrgott!

Die Prinzessin.

Der?

Edgar.

Der Mime?

Silvio (kommt vor).

Übrigens — die Stunde ist recht, Gnädige, Prinzessin, wie? Oder? — Habe ich nicht gesagt, daß Sie Talent haben, nur — (Er lacht auf; Lola bei ihm.)

Edgar.

Bringen Sie das Kind ins Pensionat zurück. Die Tante taugt nichts. Aber zuerst trinken wir zusammen. Was wollen wir uns vorwerfen, mein Gott . . .! Der Morgen wird kalt und Sie könnten sonst leicht wieder schläfrig werden. Ich heiße Edgar, einfach.

Die **Prinzessin** (immer unbeweglich; mit den Augen weit fort; ruhig und bestimmt).
Geht alle fort.
(Pause.)

Edgar (ganz ernst, leise).
Die Krisis... Und Du?

Die Prinzessin.
Geht!

Edgar.
Und Du?

Die Prinzessin.
Was geht das — (Sie macht eine Handbewegung zur Thür hin.)

Josa (halbwach).
Wenn Du meinst, ein Känguruh... übrigens... es ist gut... Maud...

Die Prinzessin.
Und den nehmt mit.
(Silvio mit Lola ab; Lola mit einem spöttischen Lachen.)

Josa (wie vorhin).
Komm'... ist noch diese Nacht oder... Maud... komm'... ich...

Die Prinzessin (nervös).
Nimm ihn mit, leg' ihn wohin, auf die Straße meinetwegen, mach' was Du willst... fort...

Edgar (packt Josa auf).
Komm', Komm', wir müssen.

Josa (hängt sich auf Edgar).

Du ... Maud ... Du hast mich lieb ... aber ins ... Ohr, ein Luder bist Du ... weil wir allein sind ...

Edgar.

Weit trag' ich den nicht. Auf Wiedersehen! (An der Thür.) Auf welchem Weg? ...

Die Prinzessin (steht schweigend am Tisch vorn).

Edgar.

Katzenjammer — Komm Josa, retten wir uns, hier wird die Moral los! (Ab mit Josa, der ihm an den Schultern hängt).

Sechste Scene.

Die Prinzessin. Der schlafende Knabe.

Die Prinzessin (steht eine Weile, dann geht sie langsam durch den Raum und öffnet ein Fenster).

Keine Sonne mehr — ein trüber Wolkentag. (Sie löscht zerstreut ein paar Lichter aus, dann erblickt sie kurz überrascht den Knaben.) Dich hat man vergessen ... Der Arme. Niedrige. Wie ein verwirrter Engel sieht er. Hast Du einen strahlenden Stern über dem Haupt, daß er mir den Weg ... (Sie beugt sich über ihn). So schön war noch nie einer ... so jung ... Du? ... Ah!! (Sie stürzt von ihm weg, bleibt in der Mitte des Raumes stehen, schlägt die Hände vors Gesicht — dann schnell zum Fenster, ein kurzer Kampf und sie stürzt sich mit einem ganz leisen Aufschrei hinunter).

Vorhang.